囁きの小人
1994–2021

山田裕彦
yamada hirohiko

思潮社

囁きの小人　1994–2021

山田裕彦

思潮社

目次

装幀＝髙林昭太

…母はわたしをじっと見つめているせむしの小人のことを言ったのだ。この小人に見つめられるものは不注意になる。自分自身にたいしてもその小人にたいしても。だから、たとえば毀れた破片の山を前にして途方に暮れるのだ。

——ヴァルター・ベンヤミン『一九〇〇年頃のベルリンの幼年時代』

囁きの小人

晴天

点々と続く星辰のきわに
南天の星が指す
着地点を探していた

樹冠から飛来する鱗翅類が潰れた果実に群がっている
乱舞する金属光沢は果皮から滴る汁を吸う甲虫類だ　あ
まく馨る稀少な花弁　いびつな記憶の奥で再帰する悪夢
忌わしい道筋を辿って進むと斜面でひとしきりの雲霧に
出くわす　肉が冷えきるまえに穴に入って隠れなさい
雨林の底の見えない穴ぼこに潜って身を隠しなさい　降

ってくる鱗粉は事物のあらゆる穴に忍び込んでくる　目を閉じて口を噤んで逃げなさい　声高に語るのはいつも生き延びたものたちだ　なにも考えずに生き延びること時間は世界の終わりに向かって滝のように流れ落ちている　半覚のまま悪い夢はいつ途切れるのかそれとも次の

ほんじつはせいてんなり
ホンジツハセイテンナリ
ほんじつはせいてんなり
ホンジツハセイテンナリ

薄暗い茂みをトガリネズミ属が徘徊する　思い出すのは大きな声に嚙み砕かれた小さな声たちだ　夜警の犬は網膜を焼かれ哀しい啼き声を上げた　河川盲目症の偶蹄類が岸辺で転倒して溺れかけている　線虫の棲処となった

眼窩はただの黒い穴だった　あの日以来わたしの無い眼
球が見る夢はいやらしい　その欲望が心の柔らかい部分
に巣食って離れない　性悪な茸の簇生した湿原で窪地を
探す　火にくべられて艶かしく縮んでいく貧毛類よ　お
まえは世界のミミズ　土のなかをくねくねと迷走する貧
しい紐だ　油断すればたちどころに真っ黒な土壌にずぶ
ずぶと飴のようにめり込んでいくだろう

ほんじつはせいいてんなり
ホンジツハセイイテンナリ
ほんじつはせいいてんなり
ホンジツハセイイテンナリ

低い唸りが耳元で響いている　記録されていない蘚苔類
と菌類のあいだを舌先が幾つにも割れた蛇が這いまわる

学者じみた顔をして犬の言葉を繰る矮人たち　地層の露
頭に痕跡として残る異常巻きのアンモナイト　その脆い
化石は微塵に砕けていた　意識の崩壊と同時にやってき
た絶滅を見届けるためにわたしは死後の言葉を読み解く
浮遊している希薄な霊魂はわたしだ　網膜が歪みあらゆ
るものの姿が破線となって靡く　毒草を食べ続けた舌と
咽喉はすでに爛れている　無い耳に聴こえてくる声　見
上げてもなにもない中空からしめやかに糸が降りてくる
いきものたちは吊り上げられて空めがけて墜ちていく

ほんじつはせいてんなり
ホンジツハセイテンナリ
ほんじつはせいてんなり
ホンジツハセイテンナリ

あらゆるものを単色に塗り込める驟雨がやってくる　色彩を無くしたぶっしつは遠近を失っておのれの固有を主張することができない　混じりあった視野はひとつの渾沌とした趨勢を示していた　薄膜のように無為に視界を覆っている濃密な流れ　地面を打ちつける激しい雨音となってたくさんの声音が聴こえてくる　あらゆる熱はたちどころに奪われていく　この雨が通り過ぎればふたたび粘りつく気流に巻かれるだろう　最後の疑問があるわれわれはなにものでどこからきてどこへいくのか　チリン　鈴が　チリン　かすかに鳴っている　あれは世界の終末を告げる鈴の音なのか　チリン　チリン　チリン

ほんじつはせいてんなり
ホンジツハセイテンナリ
ほんじつはせいてんなり

ホンジツハセイテンナリ

かすれた文字で「希望」と記された野帳がある　そのページにはこの島嶼すべての来歴と末期が記載されていた　微塵の力さえ持たぬすうこうないきものの累代の繁殖記録　未遂として現象するさいていのおろかさの実験　野帳には「在る」という仮説を無数に列挙した紙片が細紐で十字にきつく封印されていた　それは亡霊のように揺らぐ幻の書記の手が記した筆跡だ　老いた蛋白と繊維と骨の塊とが皺寄った世界を感受していた　あの筆跡は懐かしい　手がかりは雨水にほとびて少しずつ解読不能になっていく　読み手を拒絶する紙片のかすれた書字はだれにも解読されず風化していく
（……以下、傍受不能

ほんじつはせいてんなり
ホンジツハセイテンナリ
ほんじつはせいてんなり
ホンジツハセイテンナリ

このしずけさはなんだ
いきもののこどうがきこえない
なにもかもつめたいえきたいに
つつみこまれていくのだすべては
ゆめのなかのできごとだろうか
ゆっくりとちゅうくうにうかんで
にくをじょうはつさせつつあること
それはしあわせかふこうか
ホンジツハセイテンナリ
（じん　いは　つ　に

　っけん
でき　せ　で

ホンジツハセイテンナリ
スコブル
晴天ナリ

遠雷

言葉でなく
口を噤んで
白紙の上で
泡立つもの

夏草が靡いている
病院の排水溝から
隠された踏分け道を辿ると
たくさんの死んだひとの聲が渦巻いていた
水面に群がる無数の黒点

清潔な白布の隙間から二時間おきに
繊維が匂うゆうぐれまで
迷わないで戻りたい

ふいに咳き込んだ
ときおり稲妻が光っている
掌ほどの禽獣が嫋々と啼きだした
（いつもまちがうのはわたしの口だ
言葉を失った後にやってくるのもまた言葉
耳鳴りの野っ原では羽虫たちが狂おしい
ちいさなものが飛来して眼を叩く
凝視しても見えない

すぐそこにある穴を巡って
夜蛾が螺旋を描いて墜ちていく

窓の外を埋め尽くす灰色の聲たち
いがらっぽい塵が降り積もる
空手形としていまも咽喉に詰まるのだ
(歪な生をうがつ余白
生存の欠損した意味に病んで
舌先でなぞる虫歯の穴

寝返りを打つ夜半には
ぼんやり遠くから雷鳴が響く
無為のままくっきりと生から退場する
あからさまに死んでみせた「尾形」を想う
屋根裏の悪い鼠どもが湧いて出る
頭上から垂れる軸糸は切られたまま
わたしは燃え残った消し炭の周囲を
一心不乱に掻き回す

ほそい火箸の先で揉み込むように
惚けた記憶の凹みを探り
またしずかに均すと
突き当たるものはすかすかした白い骨片
(その灰はいつまでもかるいまま
渡る風がさわさわと吹き抜ける

五歳の娘と何度も歩いた
踏み跡を過ぎると足先に伏した枯茎
いつかの懐かしい葦原だ
病院への岸を辿る道すがら
船を舫っていたあの拡がりは訪れるのか
欠損をなにも知らされることなく
求めるべくもなく

あれから娘は二十九になり
病む日にどもるわたしは
いまだ吃音
空白を
どもり続けている

草の実（異稿）

陽のしたで額は生暖かく、隠れていた背中は冷やされてたくさんの濃密なものがひといきに現れようとしていた。

往く先に黒い鳥が群れている。なにを啄んでいるのか。雲が迅く流れ、半身がせわしなく照ったり翳ったりする。ひものようなほそいものが取り囲んでいるこの場処から歩き出すと、どうして同じ場処に辿り着いてしまうのか。いつもと同じ見慣れた側道のへりの置石に沿って歩いていく。しばらくすると崩壊した大きな建築物の跡地に残されたがらんどうの暗い穴に出る。その穴を回るごとに指を折って勘定する。聴こえてくる不思議な物音に耳をそばだててあらたな不在の物語を紡いでいた。わたしを照らしている星月夜にその穴をなんど巡ったことだろう。

響くものはいつも意表をついてやってくる。虫喰いのうすい耳朶を震わす単調な音色やえもいわれぬ乱暴な旋律。深さの無い箱に並んだ金属質のむすうの凹凸が浮かぶ。角度によって変化する虹色はにどと同じ模様を浮かべなかった。複眼がわたしを見つめて贋の履歴を見すかしていた。たしかに気に病んでいたのはつながらない電話だった。あなたのお返事をずっとお待ちしていました。あちらを向いたままで老婆はそういったはずだ。そのとき乾いた葉擦れのようにかさかさと笑ったのはだれなのか。

路地を照らしている自動販売機の鈍い光。灯いたり消えたりしている白い顔。光沢のある羽根を閃かせた鳥が窓の外をすばやく飛びさっていった。記憶はそこで途切れてしまう。訪れては繰り返し入室を拒まれた入口の小さな部屋。その廊下の天井では端の黒ずんだ蛍光灯が一晩中点滅していた。傷だらけのリノリウムに染み込んだ消毒液の臭い。「ソノ先ハダレモ入レマセンヨ」。たしかにそう囁かれた。細かい雨の降る暗闇の中で目を凝らすとつぎつぎに椿の赤い花が落ちていた。関係者以外立入禁止と掲示された扉、「ソノ先ハダレモ入レマセンヨ」。どこから湧いてくるのか、記憶を追っても辿りつけない黒穴から、こまかい波紋があふれでるようにゆっくりと四方へ拡がっていく。巨きな門から出て左岸の草叢の一筋の踏分け道を下流へ向かって歩いていった。ソノ先ヘハダレモ入レマセンヨ。ダレモ入レマセンヨ。入レマセンヨ。そうだった、この向こうは誰にも進めなかった。

「あそこ、白い煙りがすこし見えるだろ。」

くさのみ、ピー、くさノみ、ピー、くサノ、み、ピー、クサ、の、み、ピー、ク、さ、ノミ、く、サ、の、ミ、

降りかかるのは草の実だった。足を一歩踏み出すごとにぽろぽろと記憶がちらばっていく。脳のなかの毀れた小さな種子。左目の前でくねくねと勝手に動き回る薄汚れた線虫たち、あるいは文字。ひとしきり波紋がやってきてかすかな声音が響いてくる。帰還セヨ。指令ハスデニ解除サレタ、帰還セヨ、だがそのほんとうの意味がわからない。どこへ戻るのだ。だれに語りかけるのだ。横たわってぼんやりと薄れていく見知らぬ白顔が浮かび、すぐ後ろからたれかを遠くから呼ぶ声がした。無性に帰りたかった。ここからどこへ、

廃熱

ひくい唸りが続いていた。

その街は黄土に似た偽の胞子に満ちている。

つめたい火を放たれた人が蠟燭のように燃えている。

長い間使われなかった階段が人の火に照らされている。

石の踏み板は摩滅してところどころ凹んでいた。だれが通過していったのか思い出せない。目をこらすと踊り場の窪みに腰をおろして発火している人がいる。燃えながら灯芯から中空に揮発している。笑っているのだ。廃熱にうかされて、音もなく、笑みを浮かべてくっくっくっくっと。昼のような夜。夜のような昼。どちらにも属さない中間のいきものが笑っている。意味のない穴からひゅうひゅうと鳴る末期の息を耳もとで聴いた。もはや人ではないかたちが人のかたちをなぞって火に包まれている。そのことをずっと言いそびれていた。わたしはくるくると同じ場処を廻って痩せてみせた。揮発しながらじきに無くなっていくからだの縁をなつかしんでいた。あの人は踊り場に座ったまま首をすこし傾げたようだ。それから、なにも見なかったことにしてください、とあの人はすこし恥じらいながら言ったように思う。その声音はひゅうひゅうと葉ずれと同じ響きだった。夜のような昼に目を瞑ったままわたしはその音を聴かなかったことにしようと思った。つめたい火に焼かれ、つめたい蠟涙を流して尽きていく。あの人のからだはちいさくなってみるみる透いていく。いつしか頭上にかかった舟の月がひとしきりひかりを放つと、無い肉の芯が独楽のようにひとりでにかたりと止まった。
窪みはつめたい水に濡れていた。
階段の踊り場はそのときのまま
取り残されてある。

日付

背後から
ひかりを浴びて
墨絵の淡い影がじんわり伸びる
頭でっかちの捻り棒が一ケ
横たわる繭玉の端からひょろり
命のような細い糸を引いていく
幾筋か繋げられたもの
絡んでもじゃもじゃになった
神仏に似た頭髪

日がな縁側で反芻する
ぎざぎざの生の輪郭をなぞる
楕円の二つの無い焦点が明滅すると
空騒ぎしながら鳥が飛ぶ
赤い雫が落下する
漂う見えない肉の滲み
枝先からそのうえの空っぽへ
(ことばのように
ぽとん、穿つ

気息はほどけて
思いがけない角度で捩れる
有機はずるずると
だらしなく平らになって

光に浮かぶ
傷は静かな貫入だった
頭上の硝子や陶器のかけらに染みて
いない人が線香のように匂った
それから不意をつき
閉じた瞼がちかちか痛んだ
たらちねの　やみくもの
でたらめの
木偶
かたちが磨り減っただけ
薄い影の人を思い出さないでおく
危うさは一瞬にして消え失せる
抽出しの底に残る筆跡の
永遠に見えない残闕
乱暴な墨痕をさらに脱色して

無言でしまい込んだのはだれか
（封印した文箱が内側に潰れる

現像できない銀版の記憶
紐を無数に垂らしたフォルム
どれほどの日付を刻んできたのか
頭上の声にも応答せず
被覆された人は朽ちた錆釘だ
（安心しろ　じきに見えなくなる
煙りはたちまち空に吹き流されて
もとの木阿弥
声の傾斜と肉の湿気に脱力して
席を立つことができない
ならば希薄に漂って
蒸散せよ

否！
「わたくし」は
すでに月曜日早朝までの命運
臭く匂うしょぼくれた市指定生ゴミだ
ぶつぶつ日々の泡を吹いて
上澄みの剰余となって
おんおん泣きながら背走する
(艮のオニは逃げました

人の死
わたくし
一切の　生きる理由なし

羽蟻

池のまんなかからやってくる終わらぬ波紋を見ていた。見えないものが上下している。波はどこからか沸き上がりあらゆる岸辺に引き寄せられていた。水底にはひっそりと横たわる黒い棒切れのようなものがあった。それを感じて何もいうことができなくなった、保たれた水位だけが変化しない。褪色したカルタの組み合わせを想い出した。あのひとが立っていたのは臭い防腐油が塗られたばかりの板塀の前だ。猫の物憂い鳴き声が聞こえてくる。坂道の向こうの空につまらない陽がぽつんと落ちる。影は背中の方から繋ってくる。あのひとが眠る家に痛む膝をひとつずつ捨てに行こう。触れると崩れる朽ちた壁土。その先の芯を無くした虫喰いの軒。見ている穴から続々と這い出すものがいる。宙に飛び出してきりきりと円を描いて墜落する。死んだ人のうすい二重の輪郭が浮かんでくる。あの影はだれかに似ている。それがだれなのか想い出せない。途方に暮れてなす術もなく呼び掛けられた方へ歩き出す。影が去った紫陽花の茂みの奥にぽっかり空いたちいさな場所があった。差し込む光はたまさかの僥倖だ。そこにも二重の輪郭はべっとりと染みついて見えないものが呼吸するように上下していた。瞼を閉じて水底に横たわる黒い棒を感じていた。わたしはそのことをなにひとつ言うことができなかった。一言でも言えば水面を覆う虹色の油膜のようなものがひといきになくなるような気がした。花が植えられすこし盛り上がった地面にむすうの羽蟻が群がっている。こめかみが痛んだ。

錆びた跨線橋を渡るときからだはひとりでに揺れた。水面に浮かぶ羽蟻の抜け落ちた翅が揺れていた。ゆっくりと上下していた。終わらぬ波紋をいつまでも見ていた。

黄変

ぽろぽろと黄ばんで
こぼたれていくこの文字は不思議だ。
親しい跳ねと止めのあるかたちから一画ずつ欠け落ちていく。そのかたまりをどのように読めばよいのか思い出せない。とぎれとぎれに点を打ち、蹴爪のように見えるものは皺寄った指先が記したものだ。声に出して言い当ててみせようか。あの人はそういった。得意げに話した口は毒草を食んで痺れたように痙攣していた。他人の野太い声ばかり反響する。

備忘の手帳には記してある。跳ねと止めの脱落した文字。判読し難い末期の筆跡は短い軸が重なったいびつなかたちだ。それはみえない書記の黄色い手がしたためたもの。なにも知らないでいたのだ。伝えてくれた人の私信もぽたりと墨を落として中途で途絶えていた。筆から落ちた黒点の先の無垢な拡がり。視界のなかで荒れていく景色。落葉が散り敷かれた先が地平。目は遠近を失ったままで指と指を合わせてもそれは一度も重なり合うことがない。

疎水を流れる笹葉の舟が淀みにさしかかって回りだす。夕暮れの土手を歩いていくひとがいる。絵のような白髪は影をひいて燃えている。炎に開いた黒点が風が吹き出しているようだ。なにかが終わっていた。そのあと永いときを放心したまま無為に過ごしていた。彼岸と此岸の混じりあった視えない円錐に声を立てる間もなく滑り落ちていった。あのひとはときおりわたしの肩を叩いた。黄色く朽ちた舌でわたしはなにかを言おうとした。だが落葉がカサカサと音を立てただけで声音は出なかった。つまらない会話を交わしたようだ。思い出すことさえ、

辿るべき文字は欠けていた。弱い瞼を見開いても輪郭はなにも意味してこない。筆記具を握ることもできなかった。指はなにかを指して宙を踊る。幕間には胸郭から漏れる息のような声。ここに至るまでさまざまなことが終わっていた。それをだれからも告げられなかった。気づいていなかったのだ。あのひとの声は浮き沈みして流れるくしゃくしゃに捩れた紙のようだ。身をくねらせ赤や黄に変色した落葉の下へへらへらと隠れていった。世界のすべてが脱色されていた。始めからなにもなかった。あらゆる文字は浪費されていた。意味から逃れて、ずれ

たり、滑ったり、裏返ったりした。たしかなものは目前にある黄変した見知らぬかたちをしたものだけだった。それは意味を持たないものだった。どう読めばよいのか。

疎水の落葉は同じところでくるくると巻き戻されていた。その動きを際限なく同じところで繰り返していた。腹腔の奥底の黒点まで流れされてそこでふたたび折り返してくる。腐った落葉の動きはかたちにならないものだ。黒点の周りをなにひとつ意味はなくすこしずつずれた動きだけが繰り返されていく。文字はそれを示すことができない。文字はみるみる狂っていく。あのひとの声は意味を言うことができない。嗄れた声が際限なくすこしずつずれた動きを反復する。いつしかもとの軌道をなぞって、黒点まで流れてふたたび折り返してくるもの。それはかたちにも意味にもならないものだ。くるくると、くるくると、くるくると、あのひとの声音が耳元で。くるくると、くるくると、鳴いている。くるくると、くるくると、狂いながら、くるくると、くるくると、見ていた、見ていなかった。くるくると、くるくると、狂って、くるくると、くるくると、くるくると、泣きながら狂っていくはと、

中庭にて

中庭は熟したものの匂いで満ちていた。
煉瓦で囲われたこのわずかな場所に
いびつないきものたちが集まってくる。
わたしは虫喰いの椅子に腰掛けて
間断なく落下してはつぎつぎと潰れていく
やわらかい無規定なものを見ていた。
人の気配のない中庭では
紡錘形の果物はみずからを枝からはずして
根の周りには無数の穴が開いていた。

それは根拠のないいきものの棲家だった。
ぽたぽたと垂れる果実の汁を啜って
盲目のいきものは穴ぐらで生涯を終える。
その巣穴のなかに　耳を澄ますと
走り回るどうぶつのうつろな足音が響いていた。
わたしの耳はたくさんの物音を聴いていた。
瘦せ細っていくかんねんのいきもの
引き潮に足元を失っていくときの響き。
死んだ瞳に降りかかる砂粒のかすかな音。
さらさらと　さらさらと

息絶えたものは骨片まで錆びつき
一瞬のあいだに見失われていく。
赤茶けた埃　風化した煉瓦　不稔のこども。
種子の持ち合わせのない一回性さえも

受諾するかんねんのいきものは幸福な運命だ。
わたしは吹き荒れる樹冠のしたで
繰り返されるその物語に飽いていた。

偵察の禁じられた中庭では
あの人の視線だけが際立っている。
ひかりの射し込まぬ部屋は洞窟のようだ。
じっとり湿った壁にもたれて
嵌め殺しの硝子窓から鳥の眼をして見下ろしている。
来歴のないこのわずかな拡がりのなかを半身は
羽毛を生やした霊魂でなく煙りのように
手持ち無沙汰にさまよっていた。
愚直な目玉はすべての出来事を見ようとしていた。
わたしは放心しながら別の物語を夢想していた。
聴きとれぬ母語のささめき

周囲に満ちていてもそれはなにも開示しない。
枯れた葉や折れた枝　用のない石
無意味な響きであり、価値のない写像であり
根拠をもたぬ存在の振動する点だった。
壁の外では理不尽な解釈が吹き荒れている。
在ることは自らを問えない。
葉や枝や石や根拠のないものを
拭き取るように別のものに代置しても
中庭は熟したものの匂いで満ちているだけだ。

出来事は起きなかった。
中庭を飛び交う鳥の眼には
なにごともなかったのだ。唐突に
壊れかけた椅子に座って思い浮かべたことは
蜜にまみれた煉瓦のからっぽの内部で

いまこうしてわたしが在るように、
在ることの不明を引き受けている
ケッコーケッコーと
お互いを呼び交しながら
とりかえしのつかない事後を生きるもの

この中庭には二羽鶏がいる。

喪王　i

まろび散る数珠玉
ぼうぜんと見やりながら
王はひとしきり痙攣した
青い絨毯のうえをころがるかつて私であったもの　翻る
無数の細部　晩餐の宴たけなわの珍事　壮麗な天蓋をもつ大伽藍の四隅へ拡がっていく肉色のつぶつぶ　輝きを失いながら分裂して浸み込むように揮発する小球たち
王はいぶかしんでいた　いまわの身軽さについて留保した　ひとしきり寒さに身震いして王ははじめて気がついた　触れようとした腕は消え失せている　せり出した下

腹は無く　目玉は溶け落ちている　すでに王には我が身と呼べるたしかなものがなにものもなかった　甘い香の漂う薄闇がにぶい燭光に際立っている　不在となった場所が不意になにものかの気配で揺らいだ　擦過する残像無い芯はだれにも告知されていない　すべて幻といって不都合ではなく祭事はすべて無事だったのだ　遅滞なく祝宴は厳粛に執り行なわれていく玉座はあらかじめ空位であったかの如く王の喪失は繰り込まれていた　その夜諸国を巡る緊急の伝令はどこへも出立しなかったという細かくほつれながら肉質の球が中空に円を巻く　王の名のもとに領土を許されない亡霊たちがきょくどに薄い膜を張る　平らに拡がってなおも希薄に外へと逃れようとする動き　生き延びようとするつよい単色の意思　斜めから差す光のなかで畸形の虹が円弧に伸びる　喪われた民であるわれわれは空を見上げて王の名とまつわる形式

をつぶやく肉色のつぶつぶは
永遠に
この芯なき空白に
とどめおくものとする

諸王 ii

とろり
無為のうちに現れ
数え上げられぬ複数を生きる
楔のかたちに脱毛した頭部を吹いて
かるい綿種の如く細部へ飛散する
王は欲望のままにすべてを食らう大食漢
現れるもののうえにひとしく怠惰に拡がる
われわれは唾して偽の書簡をしたためよ
王の不在は王の理由　王の充満は王の根拠
無垢なる書記のひとしきりの改竄を許しながら

持ち上げるその左手の聖なる陰影に拝跪する
引きずるその足指の欠けた傷痕は廃棄する
さらに渾身の署名を無条件に認めよ
はからずも露顕する優雅な便意をこらえ
諸国との藁の合意にまたがる王　その含羞さえ
厚顔にもあらゆる地勢におもねる複数の王
いまここに王の王たる由来を宣命する
王の王たる真の姿を知らしむる草木に
守護された円環する点滴の王ども
尻込む砂に同化していく木屑の王ども
反響してさらさらと指から零れる王
重なりあうたくさんの呼び声
見はるかす砂の波
死んだ無数の王
親愛なる0

鼠の王　iii

絡まっているのか
筋なのか
…といっしょに旅に出るから
きみは穴ぼこに入ったまま循環していてください
そういわれたような気がした
尽しては消えるほそい裏声に乗って
病んだ尻尾を垂らしたかたまりが過ぎる
うしろの硬いものが触ると痛いから
きみは穴ぼこに入って眺めていてください
それは変なかっこうをしている　見るんじゃない

踊りながらわたしを横切ってさらにむこうへ
空騒ぎのかたまりはつぎつぎに分裂する目玉のわたし
風に乗ってころがる車草のようだ　きいろくなって
突き出したいがいがが伸びたり縮んだり皺寄ったり
余白を生きるあなたは溶け出す寸前のうすい膜だから
取り囲まれたわたしはかぼそく啼いている
夜中なにかが宙から降り注いでいました
いがいがのある蛋白のしずもるかたまりは沈澱して
声をあげる間もなくわたしのなかを通っていった　鼠か
へんな髭が鼻の穴をくすぐる
みえない尻尾がしたたかに目を叩く
天井の隅から隅へおおきな滲みが移動する
踊っていなさい　見ようとすると消え去るもの
しずかに呼吸すると胸のあたりを押しつけてくる滲み
やがて一列になって扉の隙間から薄暗い廻廊へ出ていっ

た
夕暮れちっぽけな草原のまんなかにいて聞いている
幼いものがかぼそい裏声で啼いている
その唇に文字が新聞紙の活字のように貼りついています
わたしは取水孔のなかを流され　浮き沈みして
無い母と失せものの黒い箱を探していました
岸の方へ　柳の枝に座ってひとしきり循環していました
鼠の王のねじくれた首　その影のうえを
歩き回るんじゃない　濡れたままで固まりはじめた
ひもの鼠の器官はなにひとつ振動しないから
なにもここにいても伝わってこないのだ
聞こえない響きをことさらに聴こうとした
空から降ってくるぽつんとしたものが顔にかかる
あらゆる出来事はしんなりとしている
青空のしたで生まれたまま晒されていて

数珠のように連なるひもの鼠たちも
やがて背中を向けてひとつずつ消えていくだろう
絡まり入り込んだまま繰り返されるのか　耳を押さえて
芯のない蔓になって宙でくるくると回転していました
車輪に乗ったちいさな鼠たちが通り過ぎます
それを床の低さに目を据えて見ていました
うす汚れた窓の向こう　尖った草が生えている
あの部屋が見つからないのです　手を引いて探している
あなたは穴ぼこから出ないでください
部屋から続く廊下の匂いがどこまでもついてくる
矩形に区画されたひもの鼠が忘れたように通過する
それは溶けてぐにゃぐにゃになった記憶の名残り
入り組んだ筋でできた鼠の王のまんなかには
黒ずんだ虫食いがところどころにあって
穴ぼこに入ったまま黙ってそれを見ていた

外はもう薄暗くなって目を見開いても見えない
静かな病室はがらんどうでした
唐突な呼び声に召還された鼠の王は
それだけで果てていました
探していたものはなんでしたか
鼠ってなんでしたか
背中が渦巻いて小さくなって
玉のように転がって
どんどん遠ざかっていく

殻の王　iv

空を過ぎ
哀しみの市を抜け
やがてちいさな岸辺に着く
たぎる油脂を鎮める　乱れた気息が散在する地塘を巡り
知らぬ間に立ち枯れた茎と茎のあいだに入り込む　飛び
交う虫が明滅する　水辺の疎林には見知らぬ刻印が穿た
れた寓居があった　その辺りは野焼のあとの一面黒々と
した気配が満ちていた　声明はどこまでも伝播して　末
期の光のなかで衰えていく権勢を懐かしんでいる　王は
渡ってきた　だがとうに季節は過ぎていた　乱暴な風向

きに抗う扁平ないきものの透いた羽根が舞う　展翅された凶暴な口器で互いを貪りあう悪い虫たちが囁く　裸地には濃い色の抜け殻が数えきれないほど散らばっていた粘りつく樹液に封じ込められた甲殻　死滅した複眼が採集箱にこまかく分類されて底光りしている　折れやすい触角がときおりゆっくりと動く　帰還は許されていなかった　だが樹液に保存されてあるなけなしの抜け殻はほんとうは帰還の証しだった　経文のように口伝は細部に宿る形式だ　いまも硬い抜け殻として残されているのだ雨期のあと川は変貌する　植物の野方図な繁りが懐かしい　来歴の流れに沿って伸びていく生命あふれる回帰その凹んだ窪みがかつてあったものの在り処を指し示している　ないことであらわになるもの　形式は中空になることで指し示す　からっぽの空蟬はかつて内側にあったであろう豊かな肉の姿を留めている　甲殻を巡る口伝

は繰り返し回帰する　その循環もまた短命なのだ　無為のままぬるい水草に囲まれてささやかな泡を吐く　水とともにゆるゆると腐っていく　足先から枯死していく王は抜け殻をひとつ残らず踏み潰したかった　ただやみくもな行為の声にならないなにか　われわれはいつも耳をそばだてて初鳴きを待っていた　だがなにも始まりはしない　川のほとりでまことしやかな風説が流れた　砂地の下のゆるい傾斜に沿って淀んだ悪い水が滞留しているその上の平面には繊細ないきものたちがなごんでいる　世界はことともなげにこうして過ぎてゆく　風説はそう流れた　葉ずれの空耳が風のように渡っていく　時がぐらりと廻るとき　だれもがひくく頭を垂れて虚偽と知りつつその名を呟く　遠くの梢から鳥が鳴きながら高低を飛んで視界から消える　その影の飛び去る速度に見入っていた　いくつかの木橋を渡って人々が往来するあの市を

行き過ぎる　振り返ると行き方知れぬひわ色のものの切れ切れの聲がする　あらゆる世界は無で膨満していた　王のふるまいはいつも滞りなく行なわれていた　泣いている人がいる　その人はいつまでも泣いている　だがわれわれの耳になにも届かないのはなぜなのか　生き残ったものは死んだひとの亡骸を背負って生涯を蕩尽する　王はどんどん遅延していった　すでに重さが無かった　抜き取られていた　存在は重さを持たない　形式を生きる人はあくまで真空なのだ　まだ泣いている人がいる　泣いている人はいつまでも点のままだ　なにひとつ価値のない存在するただの点　やがてからっぽの形式となって忘れ去られる　あらゆる世界は満ち足りていた

あの哀しみの市を抜け
岸辺には王が散る

青空を過ぎて
空蟬がなく
殻の王
死父
よ

零へ

…目が霞む
霜柱の立つ野良は
すべてが終わったあとの匂いに満ちている
針金のように萎びた木質の茎や根を
夜明けから燃やしている人がいる
あの象形の組み合わせは悪い書字だ
解読しうる痕跡は明瞭でなく
でたらめだった
ざらつく掌を擦りながら
軽四から降りて煙りのなかを

水涸れた筋の方へ

…玉を吐き出すように鯉魚の口は動いた
歩きながら考えていた
定型じみた説諭は聴きたくなかった
苦い痰が咽喉に絡んで咳き込む
観念を砂塵に変える仕組み
言葉は理不尽のままおのれを問うが
あらかじめの返答はとうに失われている
廃屋の横を通り過ぎると
散乱したガラクタの隙間へ入り込む
赤錆びた塊がでたらめに積まれた場所だ
その先は上書きされた藪道

…ふたたび呼ばれるまま何度でも再帰する

ぶあつい厚顔をさらして
河畔でわたしはなにを探していたのか
それは灰になる書物の大文字のお話
手アカに塗れた借り着の人形
火を放たれて赤錆びた廃車
ビニールが燃える嫌な匂いがする
盗んだ銅線をだれか燃やしているのだ
声高な物語が亡んだ場所はここだ

…不意に呼ばれて顔を上げると
まぶしい残照に浮かぶ骨の木に
黒い鳥が群れていた
生けるものが目を細めてうっとり
嬉しそうに無言のまま頭蓋を啄まれている
その半開きした口吻にも

微細な虫どもの断末魔がある
みずからを咀嚼される悦び
論証無く頷きあう善も悪も同じ
空語として眠り込み消えていく

…あの人はいった
無駄に分岐する系統樹の先に
浮かび上がる薄墨の享年
何度でも夢の中で投身する
あの人は若かったのか即座に答えろ
半覚のまま描いたタンギーのしろい骨片は
つるつる滑る不吉なタイルのようだ
またしても永遠の反復が始まっている
川っぷちで悪い孤独に涙なしってか

…それは垣根だったのか
カラタチの枯れた棘枝が尖っている
ぽつんと残るビニール袋が
極東の海辺で渺々と翻っている
被災標旗のように
いつまでもひらひらと
ぼろになっても　ひらひらと
呆けた脳のなかで翻っている
ヘイユー天災ネ
余白ノ命　イマダ理解不能

…そうやってT君
ふくよかなももいろの
ヨッパライのほっぺたを舐めて
わたしはかろうじて息をしている

些細な悟り　ささやかな捧げ物
君の享年をすでに生き過ぎて
青息吐息でいるのだ
やがて無になって
ヒヨドリが啼く
神秘のムー
零へ

静かな日

みじろぎもせずそこに立ってにぶくひかる路上のひかりに見とれていた。古い塗料が剝がれ、地金が露出した金属の部品が散乱している。立ち去ろうとするのだが一歩が踏み出せないでいた。身動きできないその理由を思いつけなかった。あらゆる出来事には理由がなかった。いろいろなものが崩れていくかすかな予兆がやってくる。ひきりなしに響くうつろな反響があたりを満たしていた。変型したままで均されたものはそれぞれにちがう反射を見せている。路上は雨上がりのように街灯を反射して一面にひかっていた。みずからをひからせるひかりとはどのようなものなのか考えてみてもわからなかった。名指すことばが思い出せない。それはどのようなものなのか。みずからがひかるとはどういうことなのか。ここに在るのかそれすらわからなかった。唐突に夕陽に照らされた錆止めの赤茶色した鉄橋を思い出した。ずいぶんむかしのことだ。砂田橋の手前で見上げていた。あの人の吐く息と吸う息が立ちすくんでいる肉の凹凸に触れてくる。そうではないわたしはひとりで鉄橋を視ていた。ゆるい歩調のあいだで震えているいっぽんのひも。その場所に双身の影が伸びていた。それを言おうとして言えなかった。あらゆることにはたしかな理由がなかった。わたしのどのような落ち度にも理由はなかった。熟した実が熟し過ぎることですこしずつ内部の軽さを拡げていくこと。無用な空虚を太らせていくこと。それは理由のあることなのか。わたしは路上のひかりが明滅するその場所にい

た。つめたくひかる金属片の潰れを眺めながらたしかに
その場所にいたと信じていた。いまここに繋がるやわら
かい一本のひもとして身じろぎもせずここに立っていた。
細い蘂しべのしもべのようなものになって、

熟柿

手遅れの人は
痺れた舌で何度も
虚言を重ね言い訳をした
日々　みずからの軽さに耐えかねて
病葉の穴めがけて投身する
真っ黒なゴミになって
堕ちてゆくのを見た

見たものは見なかった
だが肉の痛みだけはたしかだった

やわらかい果皮が破られるとき
溢れ出すウジのごとく
醜悪な裏声で歌う声楽は
ときには恍惚となって
たやすくその痛みを隠した

路上にて赤いカンナが咲く
熟柿によく似た古い傷だ
紋切りの謝辞や思いつきの罵詈
叫びも古びた宣言もやがて尽きる
側溝の乾いた泥の底で
通用しない符牒を探して
言葉を知らない蟻がさ迷う

放たれた言葉は
あの人に突き刺さったあと
じくじくと爛れていく
奥深いところで腐りはじめる
眼前のきみはきみでないということ
このわたしはわたしではないことを
説明するのはむづかしい
どうでもよいことだが

最終の地下鉄で酔って人を見る
液晶に話しかける学生
俯いて身じろぎしない警備員
不遇をかこつ独り言をつぶやく老人
窓の向こうの見知らぬ顔を見入る女
密偵がスマホを覗き込んでいる

乗り合わせた無縁の人たち

悪い夢見ばかり
打ち寄せる波のように思い出す
発汗する　吃音になる
突然の返信を聾唖になってやりすごす
まな板の前で包丁を握りしめ
思い出すことはなにひとつない
足元は冷えきっている

悪い汚れは指先にへばりつく
記憶の底の苦味に耐えかねて　ぽとん
熟柿となって向こう側へ落ちる
洗い流す雨に抗うように
路上に染み付く赤黒く

深々と皺寄った顔たちよ
べろべろべろん

破れた意味が果皮ってる

月の光

その世界は
アニメーションのような
透いた蒼いひかりに
包まれていました

駅を過ぎ
ゆるい坂道を下ると
荒廃地の懐かしい斜面が
月光に照らし出されて美しい
その奥にある資材置き場には

錆びた廃物が息を潜めて
崩れかけた型式のまま
取り残されていた

螺旋を描いて伸びる蔓
それは不全の兆候だ
空き地で出芽した規格外の
植物に似たみどりいろが
やがて繁茂する種の目印である
だが至福の極相で萎えるとは
ちりぢりの気孔から蒸散すら不能の
すっからかんの内部

音もなく
流動するぶっしつの

生成変化について聞いた
亜炭かもしれぬがさがさした残土
不覚にも採石場から切り出されて
放置されて「在る」ことの不安
選ばれて「無い」ことの
恍惚とは

負の質量に閉じていく不幸
ぼろぼろの酸化が始まり
崩壊しないように
いつも監視されていた
夜空に見透かす眼が浮かんでいた
いまあるのは無言と失語と
絶句と
(噤んだ)沈黙

「光と影」「善と悪」「真と偽」
利口ぶってしかめつらして
いつまでも同じことを呟く人
言い替えているのだゲームのように

扇動者のまねをして
黒板の前で夢うつつで叫ぶ人
おまえはなにをしてきたのだ
夜毎の肩越しの囁きで眠れない
言葉で編まれた買物籠を抱えて
穴からこぼれ落ちる海と山の捧げ物
タイとにんじんとごぼうは
なんの暗喩

遠方からの理由なし
降ってくる恩寵を乞う
永遠に叶わぬ宗教的願望と
ぶっしつへの世俗的欲望
人の固有が根こぎされ砂粒になる
救われるのはひとりだけ
だがあなたはそのひとりではない
清らかな悪意を飲み干したまえ
本当に人は善きものなのか

ひきりなしに隕石が墜ちてくる夜
残された天使のような矮人は
夢遊病者の足取りで寝所に倒れ込む
泥靴を履いたまま
睡りのなかで絶望して祈る

ずる賢い聖者の言葉
近似でしかない永遠の反復に困憊して
にどと目覚めないことを

眠り姫が願うのは
あくまで高みへと　落下すること
段階からの上方への離脱が
同時に下方への離脱となる方法
それを「救済」と
遺言を残したのは　誰か

とうに夜半を過ぎて
あたりは氷原のようで
月の光が満ちている

苔暮し

ダンダンダン　ダダンダ　ダン
ダンダンダン　ダダンダ　ダン
団十郎　諸星弾　段田男
ダンダン漏れます　ダダ漏れだん
もののしく一面に漏れた
あまい桃のような汁
あおい藻のような泥
後家のような
ゴケミドロ

町内の門から門へ
モモンガが飛ぶ
勿体ぶった仮り姿
目下　手配中の素浪人
もののふの紋付袴に二本指し
もちろんモンロー好きの直参旗本
門徒衆の横車に「ちょっとまて」
婿殿！猛犬に御注意を
（もしかして中村主水）
大当り！富くじは「への一番」
仕組んだ坊主が丸儲け

おまえはぺえぺえの歩
ゴミ箱の影から親分を狙え
「鉄砲玉は考えちゃいけんのよ」

あやつりつられる人造人間
夜の大統領からご指名ナンバーワン
錦三のパメラちゃん
サービスばっちり侘び寂びたっぷり
ワンダホー（ピッカピカの金印わさび）
ビビビのビ
はい　電気いただきました
みんな寄せ集めのサンピンさ

経費でコレは落ちません
バブルは遠くに去りました
ふうらいフラフラ風来坊と山ちゃん
東海道「手羽先」戦争勃発
痺れる舌と転がる苔とすっ飛ぶ首
洞が峠の美人局

筒井康隆は断筆宣言
幕末だ維新だ革命だ
文太様ならなおのこと
仁義なき敗戦後じゃきに
「弾はまだ一発残っとるがよ」

燐寸一本舌先三寸
ペロペロ舐めたらアカンぜお
カメラマンかキャメラマンか
正義の味方は大怪獣ガメラか
その背中で踊るのはカメハメハ大王だ
こがめまごがめひいまごがめ乗せて
みなコケたってか
（ナンセンストリオは消滅しました
白あげて赤あげて

赤さげないで
白さげない

国家も個人も
苔も後家も護憲派も
桃もスモモも太腿も
桜桃すべって玉川上水ドンブラコ
津島のオサムちゃんデ〜ス　晩年の
アースが産んだ正義の決め手は
しゅころいちころルーチョンキ
ハエハエカカカの
ひろみGO
小一時間かけて教えてくれ
「億千万」ってアチチ〜
どんだけ

しぇのひと

晩年の私小説家は
東方の神仏の名を呼び続けた
ランプから飛び出す「ようかい」さん
どろり吐かれた臭い経文
べとべとさんはすでに虫の息だ
(影ひく冬の　寒い寒い日なりき

小便臭い路地裏のぬらりひょん
ハゲ鴉と粘菌どもが騒いでいる
(ツーツーレロレロへべれけざます

昨夜の夢見は思い出せない
塵のように積もる寝言は開けゴマ
西方の荒地に向かって　走れマゴ

（老人である少年は願っています
見たいのは桃色吐息のお荷物小荷物
再放送が叶わない喫煙者エイトマン
おちょぼ口で訳知り顔のウルトラマン
ゴレンジャーと呼ばれた黒過去は
悪の軍団に操られてばかりだ

世界はタワシに無関心だが
わたしは世間に無頓着だ
正義に手ェ突っ込んで奥歯ガタガタ
（夕陽に浮かぶ総入歯のガンマン

他力本願のイヤミ氏
シェーとミエ切る出っ歯のひと

ザンギリ頭のナンセンス
キリキリ舞いのコンセンサス
(ざんすざんす　さいざんす
陰陽師がドーマン切って「ぶりぶり」
印欧語の押韻踏んで「脱糞だ」
キメは空話の「だっふんだ」

鼻水垂らした預言者ハタ坊が
タナボタのおこぼれを狙っている
丸三角四角の神器を片手に
天涯孤独のチビ太よ
おでんばかり喰ってるから

手相も思想も栄養失調になるぜ

ダレカイマセンカ
奈落の向こう側を透視する人
降りかかる白い灰に塗れて
中空の吊り橋でスッテンコロリン滑落する
名も知らぬ「ようかい」さん
われわれでもある「しぇのひと」

あまたの善と悪があり
頭にはつまらない分別が詰っている
過去からの風に吹き上げられて
未来に背を向けてよろめき飛ぶ凧
瓦礫の天使は磔刑だ
しぇのポーズだ

放浪者バガボンドのパパはいう
死ぬまで生きろ
「これでいいのだ」

さよならタヴァーリシ

I

寝つけない夜半
ほつほつと禿頭に降りかかる
忘れ去られた言葉
かるい灰のごとき挨拶
「タヴァーリシ」
名も知らぬ哀しいカナリアたち
遠くの方でつめたい稲妻が光っている
それから不意に

「われわれ」といいかけて
「わたくし」と言い直す
若気の至りって淋しいね
言ってみただけさ
属性のない真っ白な人称
他意は無し
精一杯の
誤訳

2

古いキネマ館の
ねっとり染み込む暗闇で
フレームに刻まれた借り物の科白
連なったパーフォレーションの

小さな穴から「ぷふい」
死霊どもの嗤い声がもれる
それは同志の嗄れ声
「父さんは
　おまえのことを心配してるんだよ」
生暖かい晩春の心配事は
地球の破滅よりも娘の遅れた婚期
辛気くさい説教のあとに開く
相変わらずバラ色の小市民の夢
立棺で眠る夢遊病者　チェザーレよ
おまえの悩みはお見通し
窓越しの影は我が分身
ぎこちないジェスチャー・ショーで
ずぶぬれになった水の江滝子が笑っている
「では次の出題です

宍戸錠とあしたのジョーでは
どちらが大坂城でしょうか」
小便をちびりそうなギャグ
金輪際　意味なんて
無い

3

背負った世界の重みなんて
てんでわからない
イエスでもノーでもなく
なべてこの世は意味不明
痴情まみれの恋人と変人
「恋の山手線」は
似たもの同士の二人の世界

たちまち萎える永続革命
なんてこったい筋金入りの反革命だ
大トロ好きのトロッキストども
いまではいっぱしのブルジョア様
さむい財布とさむいお笑いは必要だ
だから博覧強記のキャプテンには
ご存じ　この人　柳家金語楼
同志　江戸家猫八師匠を知りませんか
同志　一龍齋貞鳳師匠を知りませんか
みんな南の島で名誉の戦死　雪の降るなか
うっふっふ　おっほっほ　三人組が苦笑い
のらりくらり職質から逃れて
目も口も聞く耳もなく迷子になった
ヒヨコのピヨちゃんを青虫が尾行する
したたかに泥酔して殴打せよ

足元から四方へ
割れたビール瓶が散らばっている
手足が二三本
マイベイベ
バラバラ

4

クラス討論たけなわに
試験管で愛を語るなんて
オボカタさん　噂の生命倫理ってこれですか
全学行動委員長は健さん（唐牛だよ
姐さんは賭場で壺振り（純子だよ
立て膝でちらり
富士山の裾からぽろり

マッシュポテトを見つめて（ミエだよ
腹の足しにザ・ピーナッツ（エミはどっち
下駄の宰相は拘置所で下痢（ドラスチックにも
小指を立ててオールドパーを空けている
なべてこの世はいとをかし
トートナウベルグの隠遁者
取り巻きは悪酔いの伝道師たち
赤い軍団に魔法使いサリンちゃん
なんでもござれ今宵はオールスター
さあ　月にかわっておしおきよ
勉強家の君は信仰を存分に語れ
出ていったのはモーゼかモーセか
フロイドかフロイトか
ベルグソンかベルクソンか
てんてんありなし

てんで甲斐なし
割れた海のむこうでお宝探し
失われた聖櫃から　ぼわっと
インチキおじさん　骸骨のガイスト登場
（おっと無知が唸るぜ
爆破事件犯行声明は「大地の豚足」

5

お猪口で一杯
おちょぼ口のオットセイ
宴会ではむかうむきの同志たち
プチ・ブル・インテリ源ちゃんよ
金子光晴が愛した美貌の同志
巨乳のゲバルト・ローザはいずこ

ぴっちりしたブラックジーンズの紋切り型
真中分けロングヘア（頼むから振り向かないで
あ　黒縁メガネもヨロシコ
はみでてるって
わざとミセパンだって
反帝反スタ反原発でじらしてる
これぞ「レゾンデトル」ちゅうやっちゃな
国際反戦のジッテンニイイチ
立て餓えたる豚　マルダイウインナよ
翔ンデレラッハ　死ンデレラッハ
アナタそろそろ後期高齢者なんだってね
いやいやまだいけまっせ
ピンピン現役　クスリで十年はいけます
好事魔多し
赤頭巾ちゃん気をつけて

頭上を春の嵐が吹き荒れています
むかうむきの唯我独尊のオットセイ
飲み屋で吹聴など　誰が
「へっくしょい」
また悪口か
照れるな

6

「ではお先に、」
あの日　飛行機に乗って
アラブのキラキラ星になるって誰が言ったの
本当は嘘泣き上手のお姫さまだから
泪は流れ流れて川になって
心斎橋ですれ違う

世界の中心でもすれ違う
地下鉄の恋人たちをかき分けて　外へ
先の四ツ辻までずいっと
俺の人生下り坂
どんづまりまで行くと「とーちゃこ」
ふたりはなにもなかった　ということ「デス」
といった貴女の名はマチコさん
拙者の名は雲谷斎
または他言無用之介でござる
シャラップ!　さっさと白状汁
消化不良の文字をゲロしたのは「わたくし」
借り物のだぶついた着グルミも「わたくし」
後ろ姿しか思い浮かばないのだが
あるいはものいわぬオカザえもん
中に入っているのは四十年前のおまえだ

（もとい　オレかも
生き延びていると記憶はすこしずつ遅れだす
窓際の椅子に座るヨコイ課長は
午後五時きっかりに
恥ずかしながら机に手をつき
「よっこいしょーいち」と立ち上がる
ヨコイ同志よ　誇り高き皇軍でしょ
それだけは
ご勘弁

7

ＤＡＭで加齢に熱唱
コブシ効かせて十八番をリピートする
「チェキラッ」

みんな愛しあってるかい
いまわのきわに「シェキナベイベ」
いい歳こいてぶっ壊れちまったラジオさ
決め文句は「ビンビンだぜぇ」
サプリは通販に限る　てか
こら　マイクよこせ　隣のマイク眞木
その隣はポール牧
デコピンあるいは指パッチン
やけのやんぱち便所の火事か
浅草寺辺りはヤケクソだってさ
「主任　もうやめましょうよ
　あきらかに飲み過ぎです」
ハナ金のラストオーダー
ねぇもひとつ「水割りをください」
定年間際の水増し昇進で

「部長」って言われたかったのかい
学生時代の不徳の致すところ
人望人徳貯金なし　地下に潜って三十年
またまた昔の名前で出ています
時効だろ
いまでは指輪だって思想だって
ホラ　こんなに廻るんだぜ

8

自慢の履歴には
大学院博士課程満期退学
ニセ学生は信者御用達のキャバクラで人気者
「日本人はナ　昔から
　ゼニも投げれば　石も投げるのさ」

武勇伝を吹聴する大川橋蔵似のおじさま
山手線新宿駅高架で挟み撃ち
飛び降りたら右足大腿骨一本ポッキリ
ついでに人生も投げた銭形刑事が
キミの名前と携帯教えて
同伴出勤カモンカモンと絶好調
だがいっておこう
壺は買うなつまみも買うな
架空の郵便受は贋の督促状でいっぱいだから
ケツまくって高木ブ〜
催促なしのツケ払いなし
奨学金はもちろん滞納してまっせ
兄さんぷりぷりいいケツしてんね
前から後ろから面倒見てやるからさ
両耳揃えてすっぱり払えや

オシャブリチューチュー今夜は最高
八時だよ全員集合
いまもなお負債多き同志たちよ
みんな「痴呆」なんだって
「ちろう」も「ぢろう」も
問題はすべて
ここ
下半身にありぬべし

9

ころりコオロギが鳴いて
丘の向こうからへんな人がやってくる
その人の名は「ヤマダの名無し」
いうまでもなく存在感なし

いつまでたっても愛想無し
飲み過ぎちゃったの千鳥足
(おまえはもう死んでいる!
最終電車で薄い影を踏まれたら
「どこに目ぇつけてやがる」
「なめたらあかんぞチンカス」
だからわかってくれよ　死んだフリって
そこんとこ　違いがわかる男?
「ハイ　チョーわかっておりますデス」
わかっちゃいるけどアナタ
死兆星がバッチリ見えちゃってますね
残り少ない余生を
ちびりちびりとぬる燗で飲み干す
つまみは炙ったイカでなく
干涸びた連帯と白内障の眼帯

賞味期限切れのチーズとサラミが
うんまいんだな　これが
チ～ン　ライフゼロ
あんたの最終ステージ終わってます
人生いろいろ　総括そろそろ
即刻退場　換金無し
螢の光が流れたら
さあ打止めだ

10

教授！
分析は不能です
二十人格のゾンビさん
この際　個人的事情はさておき

リビングデッドで生死不明
白か黒かも分らない
死んでいることすら分らない
診断は「それレビー小体型認知症ですね」
（ほんとうのことをいおうか谷川君
　真と偽は同一
　生と死も表裏一体
健康のためなら死んでもいい
五体不満足のゾンビさん
一千回も死んでいるから生きているのと同じだ
亡霊のように続く葬送の列は
「われわれ」の死屍累々
一族の約束の地で
哄笑しているのは世紀末ケンシローか
敗北の兄者「日清のラ王」は仁王立ち

ノンフライ麺のような脳みそで
「我が生涯に悔いなし」
ばか。他人のセリフをパクるな
ソロバン抱えた認知症のゾンビさん
あなたのお名前なんてえの？
「ズビズバー、左卜全」
「ヘイユー、左とん平」
「アラ、左幸子です」
「ここは安定の左右田一平」
それにしても古臭いなあ
人名から霧立ちのぼる加齢臭
左向きばっかじゃねぇか
年寄りって臭い
うさん臭い

11

全部うそだ
（窓越しで覗くのはだあれ
散々に打ちのめされたあと
津波のように押し寄せる
寄る辺のない生存のごたごた
新小岩のチェシャ猫が
中空に無慈悲な笑いを漂わせて
「お金が欲しいワケじゃない
　愛だよ愛」
愛なんて見抜かれているんだって
良い子ばかりが世にはばかるって嘘だ
はばかりでママカリ喰えば済むことかよ
お赦しくださいデウス様

中風で寝たきりのおとっつぁん
「プリーズお粥」ってうるさいから
首をキュッ　時すでに遅かりし
「さて由良之助君
　明日欠席だと労働法の単位とれませんよ」
「病妻の介護があるんです」
「では来年またお会いしましょう」
「しどい！志村教授！」
ああ　七十過ぎても反復する夢
男と女の間の
臭いドブ河を越えて
寝汗まみれの老老介護の日々
振り返るな　ロウ・エンド・ロウ
「はい、悪夢に効く　とびきりのおクスリ
出しておきますね」

12

悪い幹部は許さない
太い臀部を許さない
ビンビンなヤツ一本いっとく？
一発逆転の例のブツあります
一発屋のゲッツもしくはギター侍
でたらめ　インチキ　まがいもの
トウのたった虫食いのキャベツ
一皿十円の腐ったもやし
新手のイカサマに精を出す
小賢しい才能とやらをイッキ飲み
観念のワルツを踊る曲芸団なら大丈夫
みんなで踊れば恐くない
先を争って署名する千人の善人

頭上を飛ぶミル・マスカラスの千のプラトー
わたくしだってアタックチャンス!
虚名を上げんと「お流れ頂戴いたします」
よござんすか
老いた団交三兄弟の固めの盃
串に刺さって痛いのなんの
(虚偽だったんだ
繰り返す団塊の談合
世渡り上手な煽動者と
教条に雁字搦めの凶状持ちが
カモを探して夜な夜な風俗通い
二丁目の厚顔の美少年なら
お尻だって洗って欲しい
水戸の肛門様のお供だちが叫ぶ
「下がりおろう

この陰毛が目に入らぬか！」
チリチリしてて　やだね

13

ゆやーんゆよーん
揶揄するよん
日本の詩人チューヤンは
ぶらんこで右と左に揺れながら
リラダンのロバと中央アジアの草原を往く
地雷に似たむすうの馬糞を避けて
小心者の綱渡り
地平に長く影が伸びている
（揺れる吊り橋をとぼとぼ渡れば
　とびきり甘い放射能も降ってくるさ

署名と共同声明なんて反吐さ
乾坤一擲　ガラガラポン
関東一声　ビンゴあり！
思い起こせば口をついて出る
不平ばかりの身過ぎ世過ぎ
ワタナベは音信不明
カガミは寝たきり
ブーチャンは前厄で死亡
故郷　松原町の駄菓子屋では
歯のない子供たちが膝突き合わせ
未練たらしく「革命」という名の
五円クジで悔しがる
（スカばっかりの野暮はいいっこなし
小学校三年生でも知ってたんだ
人生はぜんぶスカさ

一等賞「革命」は別途百円で発売中
二等賞「デモ」は別途五十円で発売中
三等賞「黙秘」は別途十円で発売中
残念賞「公安」は業績不振で配置転換です
裏口で売られているのは公然のナイショ
薄暗い奥の土間にいる出っ歯の婆さんこそ
Y氏曰く「大衆の原像」ってやつさ
同志たちよ　これだけは憶えておけ
今朝は東で禿頭叩いて
しけた煎餅
しらけた宣言
支那の赤い語録は
死んでも暗記なぞするな

14

赤マフラーで「元気ですか！」
リングを包む割れた歓声
ご存じですかアノ人
一発芸人アントキノ猪木
恥多き人生でした
力動山こと金信洛こと百田光浩こと
ヒトマネのモノマネのニセモノで
片腹痛い貧者どもの出来レース
したり顔で巨泉がのたまう
キャプリキとればスギチョビレ
スグカキスラノハッパフミフミ
今でもチョー意味不明なんですが
みっちゃん道々ウンコ踏んで

ウンがついたら丸儲け
五歳児が歌うこれもまた意味不明
ミソでもクソでもウンさえついてりゃ
親の総取りって寸法さ
で　最後はお約束
はらたいらに三千点
マドンナ景子に三千点
掛け率10倍　篠沢教授は
本日純喫茶「ヘヴン」でお休み
とてもしずかな坊主めくり
ついでにスカート奥も開帳して
めくったら質ウエダの看板娘
まねだ聖子ちゃんが
出ちゃった
ブリッコはいつも

もどき

15

よござんすね
ご破算に願いまして
人間万事塞翁が馬
大航海時代のコロンブスは
じつはクリプトン星人スーパーマン
そしてバットマンのロビン少年こそ
地球の不幸をすべて背負って川を渡る
聖クリストファー・ロビン
プーさんの親友でもあるのさ
微笑みながら昇天する
善き人が愛せし歌姫よ

極東のハスキーボイス青江三奈さん
ここはまほろば港ヨコハマ
夕暮れのブルーライトにぼんやり浮かぶ
小舟に乗った小心者は
硬骨の酔いどれと硬直の老いぼれ
入れ歯飛ばしてゲバッてる
ドゥドゥビ　ドゥビドゥバ
伊勢佐木あたりに灯がともる
ああん　革命は恋だから
よろめきの恍惚の人よ
あとはぼろぼろ
オンボロロ
おぼろ

16

みなさま
きっちり
はい成仏
波羅僧羯諦
菩提薩婆訶

「貧しさ」という名の書記

（…動きまわる蟻の文字。
耳元で囁きかけるかすかな声の方へ、繰られて歩いていく稀薄なものたちの列。

少なからぬ歳月を経てここに収めた表現がすべてです。そのあいだ一貫して言葉を書くことにまとわりつく「貧しさ」の感覚を感じていました。それはどんなときでもひとしく感じられ、書く手は押しとどめられていた。書かないのでなく、書けないのでもなく、その中間の位置で途方に暮れて循環している。わたしという肉体のなかで世界の身体的経験と認識的理解とがうまく整合せず混濁したままでいる。それは身体が生きることにおいて複数の地層のようなものを無作為にまとってしまわざるをえない生存の仕方、「在る」ことの本源的な混濁からやってくるように感じていました。ここに書かれた文字がなにごとか確率のうちに「意味」を語りだすということはないだろう。記述されているのは視えない書記の手による宙ぶらりんの文字。この文字はいたずらな小人の眼差しに晒され書かれた端から毀損している。いわば瓦礫のなかをやみくもに歩き回って貧しい無意味を報告する歩哨としての蟻の文字なのだ。

山田裕彦　Yamada Hirohiko

一九五四　名古屋市生まれ
一九八七　詩集『瓜喰い瓜盗み 1974-1987』（風琳堂）
一九九八　詩集『熱帯 1988-1998』（思潮社）
一九九四〜　詩誌「A.T.」発行

囁《ささや》きの小人《こびと》 1994–2021 著者山田裕彦発行日二〇二一年四月三十日
発行者小田久郎発行所株式会社思潮社〒一六二―〇八四二東京都新
宿区市谷砂土原町三―十五電話〇三―五八〇五―七五〇一（営業）
〇三―三二六七―八一四一（編集）印刷・製本三報社印刷株式会社